Colección

Dirección Editorial: Fabiana Nolla Portillo.
Diseño de colección: Florencia Tocci.
Edición: Fernanda Argüello.

GERBERA
EDICIONES
www.gerberaediciones.com

1ª edición, abril de 2015
1ª reimpresión, septiembre de 2016

Texto: Verónica Álvarez Rivera.
Ilustraciones: Estrellita Caracol.
Fotografía de Originales: Hernán Cañellas.

Álvarez Rivera, Verónica
    Serafina / Verónica Álvarez Rivera ; ilustrado por Natalia Spadaro. - 1a ed .
1a reimp. - Ciudad Autónoma de Buenos Aires : Gerbera Ediciones, 2016.
    32 p. : il. ; 19 x 23 cm. - (Con nombre propio ; 1)

    ISBN 978-987-29534-4-7

    1. Poesía Argentina. I. Spadaro, Natalia, ilus. II. Título.
    CDD A861

SeRafiNa

A Clotilde, Juanita y Dina...
que al pasar por mi vida
inspiraron esta poesía.
Verónica

Para Chola, Lila y Ñata.
Estrellita

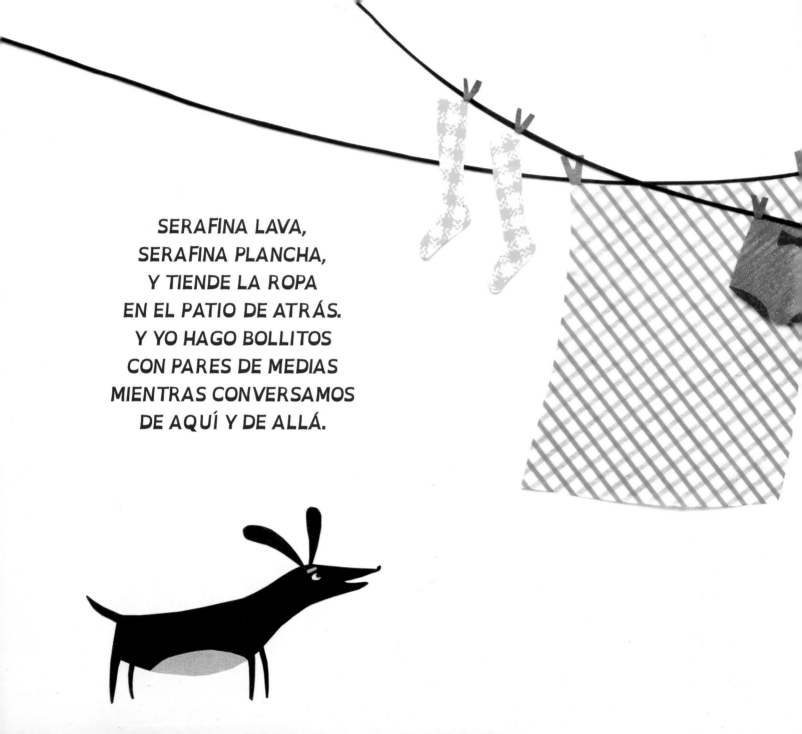

SERAFINA LAVA,
SERAFINA PLANCHA,
Y TIENDE LA ROPA
EN EL PATIO DE ATRÁS.
Y YO HAGO BOLLITOS
CON PARES DE MEDIAS
MIENTRAS CONVERSAMOS
DE AQUÍ Y DE ALLÁ.

HACE MUCHO TIEMPO
QUE ESTÁ CON NOSOTROS
Y A MÍ ME PARECE
COMO OTRA MAMÁ.

ELLA NO HABLA MUCHO,
NO... CASI NO HABLA,
PERO SU MIRADA
ME HACE PENSAR
QUE CUANDO FUE NIÑA
ALLÁ EN SU PUEBLITO
NO ESTABA TAN TRISTE
CON SU SOLEDAD.

A VECES LA OBSERVO
JUNTAR MIS MUÑECAS
Y CON GRAN DULZURA
LA ESCUCHO CANTAR
CANCIONES DE CUNA
EN SU LENGUA EXTRAÑA
QUE SE LLAMA QUECHUA,
ME CONTÓ PAPÁ.

Y CIERRO LOS OJOS
Y ME LA IMAGINO
CON SUS TRENZAS LARGAS
Y SU LENTO ANDAR

BAJAR POR COLINAS
JUNTO A SUS CABRITAS
VOLVIENDO A SU CASA
PARA MERENDAR.

¿VAMOS SERAFINA
JUNTAS A LA PLAZA?
¡TREPEMOS EL CERRO
QUE ES MI TOBOGÁN!

QUE NOS DÉ UN SOROCHE
EN EL SUBE Y BAJA

Y EN LA CALESITA
VAMOS A BAILAR
GIRANDO, GIRANDO,
COMO CUANDO BAILAN
LOS PÍCAROS DIABLOS
DE TU CARNAVAL.

¿DALE QUE LOS COPOS
DE AZÚCAR DEL PARQUE
SON COMO LAS NUBES
DE TU CIELO AZUL?
¡Y LA CAÑA DULCE
DE TUS ALFEÑIQUES
EXPLOTA EN LOS GRANOS
DE MI POROROÓ!

¿DALE QUE LA HAMACA
NOS REMONTA EN VUELO
Y NOS TRAE A CASA
SIN PISAR EL SUELO?

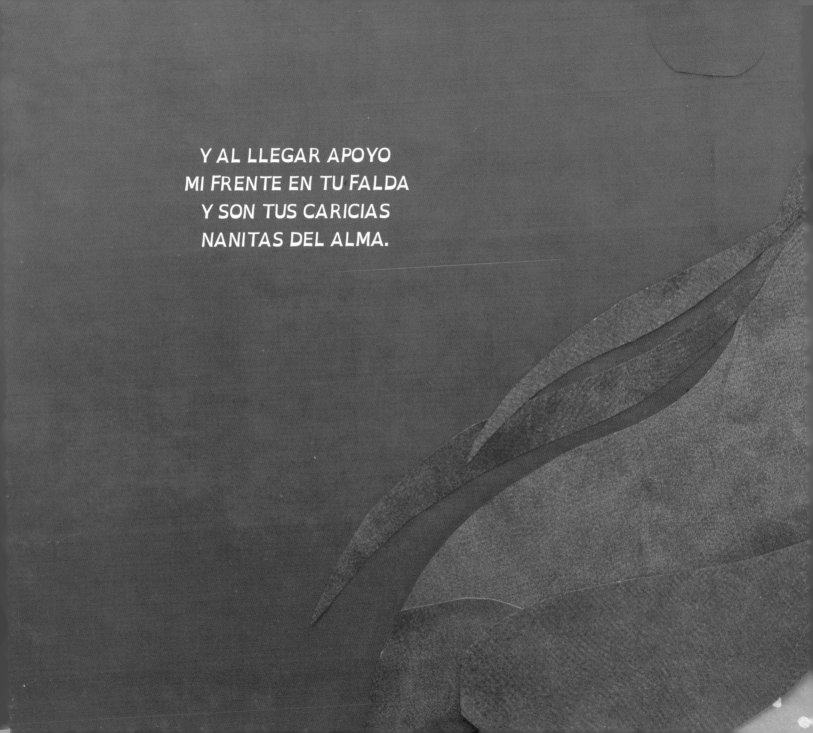

Y AL LLEGAR APOYO
MI FRENTE EN TU FALDA
Y SON TUS CARICIAS
NANITAS DEL ALMA.

¡BELLA SERAFINA
DE OJITOS RASGADOS,
MEJILLAS PASPADAS,
MANITOS DE SOL!
TOMEMOS LA LECHE
DULCE CON VAINILLAS,
SENTATE A MI LADO
HABLEMOS DE VOS.

CONTAME DESPACIO
CÓMO ERA TU CASA,
EL COLOR DEL CERRO,
EL RÍO, LA FLOR
Y CÓMO SE ESCUCHA
EN ESA QUEBRADA
EL SILBAR DEL VIENTO
COMO UNA CANCIÓN.